AUGUSTE BUCHOT

LE MIROIR

INDISCRET

Poême

TOURNON

Imprimerie et Lithographie de J. Parnin

MDCCCLXXIX

LE MIROIR INDISCRET

AUGUSTE BUCHOT

LE MIROIR

INDISCRET

POÊME

TOURNON

Imprimerie et Lithographie de J. Parnin

MDCCCLXXIX

LE MIROIR

INDISCRET

C'était une très-haute et très-puissante dame,
Certes, que dame Yseult, veuve du grand vidame
De Cahors et Seigneur de Baussac, en Quercy ;
Mais elle était bien belle et bien mignonne aussi !
Elle n'avait pas vingt ans, quand le noble sire,
Son vieil époux, se fit dévotement occire
Contre les parpaillots de Castres, ces maudits !
De sorte que son âme était en Paradis,
Ce qui ne laissait pas de consoler sa veuve
Et l'aidait à porter patiemment l'épreuve
Qui mettait son époux au nombre des élus.
Ajoutons que le sire était un peu perclus.
La belle néanmoins au manoir solitaire,
Seule avec ses vingt ans sous le regard austère
Des portraits des aïeux enfumés, s'ennuyait,
Mainte fois soupirait et mainte fois bâillait,

Même quand le vieux moine à la haute science,
Chargé de débrouiller ses cas de conscience,
Lui nasillait d'un ton paterne et solennel
Les plus beaux oremus de son plus gros missel.

Hélas ! qui peut se dire à l'abri des atteintes
Du Diable ?... Le Malin aux âmes les plus saintes
Tend ses pièges d'enfer. Au fatal traquenard
Les veuves de vingt ans se prennent tôt où tard !

Or, un jour de printemps, des sèves parfumées
Fermentaient dans le parc ; sous les jeunes ramées
Les oiseaux amoureux s'appelaient tendrement,
Et, seule dans un vaste et sombre appartement,
La Comtesse brodait de sa main souple et belle
Un tapis de velours, pour orner la chapelle
Du château, soin pieux qui certes aurait dû
Intimider un peu Satanas confondu.
Mais le Maudit, hélas ! est toujours là qui rôde,
Ainsi qu'un malandrin passé maître en maraude.
Rien pour lui n'est sacré ! Lorsque le printemps luit,
Tout l'aide pour nous perdre, et conspire avec lui.
La nature amoureuse en se sentant renaître,
Le rayon de soleil qui rit à la fenêtre,
Le zéphyr égrillard qui passe en murmurant,
Les rossignols, les fleurs au calice enivrant,

Tout ce qu'a la saison de chaud, de gai, d'aimable,
Pour peupler les enfers milite avec le diable.
Il a par trop beau jeu, surtout quand le cœur bat...
Enfin, quoi qu'il en soit, c'est un rude combat!...

Ce jour-là donc le cœur de la belle comtesse
Etait gros de soupirs et de vague tristesse,
Et, plus le ciel serein et bleu lui souriait,
Plus la gentille enfant bâillait et s'ennuyait.
Souvent sur ses genoux l'étoffe fugitive
Retombait, échappée à sa main inactive,
Tandis qu'avec langueur son regard soucieux
Errait sans but. Ainsi dans le désert des cieux
Le reflet vagabond des foudres contenues,
Nous semble palpiter captif au flanc des nues.
Mais, à force d'errer ainsi, ce beau regard
Promené sur les murs rencontra par hasard
Un large miroir, où, se voyant jeune et belle,
La Comtesse se prit pour une damoiselle,
Et se mit à songer à ce beau temps passé
Où l'on rêvait amour, baisers et fiancé.

Alors sur ses cheveux passant ses doigts de fée
La gente Yseult se dit qu'elle était mal coiffée ;
Que depuis le trépas du bon Seigneur, vraiment
Elle se négligeait dans son ajustement ;

Que le deuil après tout n'exclut pas la décence, ·
Ni ce qu'on doit au monde, au rang, à la naissance.
Et, comme elle oubliait son ouvrage pieux,
Le tapis délaissé sur le parquet poudreux, ·
Hélas ! glissa. Bientôt, avalanche soudaine,
Ses·beaux cheveux bouclés, en cascades d'ébène,
Fougueux et bondissant à flots de toutes parts,
Sur son cou, sur ses reins ruisselèrent épars,
Si longs et si fournis que leurs noires spirales
Vinrent en moutonnant serpenter sur les dalles.

La Comtesse se lève et devant son miroir
Elle va, nonchalante et rêveuse, s'asseoir.
Fouillant dans un coffret qu'un parfum d'ambre imprégne,
Elle arme sa main fine et savante d'un peigne.
Elle ramène alors, ainsi qu'un voile obscur,
L'indocile toison sur son front blanc et pur ;
Puis elle la divise, et soudain son visage,
Comme lorsque Phébé sort d'un double nuage,
Reparaît si charmant, qu'un galant troubadour
Du temps, pour le vanter, eût rimé tout un jour,
Et, prodiguant les lis, les perles et les roses,
Eût dit sur tant d'appas les plus folles des choses !
Pour lui, ce long sourcil noir d'un si pur contour
Eût été l'arc vainqueur du malin Dieu d'amour,
Lequel, pour mieux frapper les cœurs les plus rebelles,

S'embusque, archer divin, au fond des yeux des belles,
Et, guidant leur regard, que nul n'a jamais fui,
Y mêle un trait qui vole et pénètre avec lui.
Ce teint si délicat, cette bouche vermeille
Appelant le baiser comme la fleur l'abeille;
Ces mains blanches, ces bras souples et potelés
Qu'on eût dit dans un pur albâtre ciselés;
Ces dangereux trésors dont l'aspect seul enivre,
Eussent fait divaguer tout le long d'un gros livre
Le rimeur de rondeaux et de lais amoureux
Qui l'aurait vue ainsi peigner ses beaux cheveux.

Aussi, tout en lissant sa chevelure brune,
La veuve s'avouait tout bas que l'infortune,
Le chagrin et le deuil d'un époux regretté
N'avaient pas trop en somme altéré sa beauté.
Mais faut-il se fier aux contours du visage ?
Sa fraîcheur est parfois un mensonge, un mirage
Qui, jetant ses reflets sur les corps amaigris,
En voile la langueur et les appas flétris.
Puis il faisait bien chaud-! Puis un corset trop juste
Serrait, à l'étouffer, sa poitrine et son buste !
Pourquoi donc se gêner et souffrir, quand on peut
Loin des yeux indiscrets se délacer un peu ?..
Bref ! le corsage étroit s'entrouvre... Fraîche et rose,
Comme l'éclosion soudaine d'une rose,

S'épanouit la gorge, empourprant le cristal
D'un reflet plus vermeil qu'un rayon matinal ;
Et deux seins radieux, deux mutins, deux rebelles,
S'échappent, doux jumeaux, d'un rempart de dentelles,
Comme d'un taillis blanc de fleurs deux jeunes faons,
Et s'élancent à l'air en des bonds triomphants !

O trésors ! O splendeur de la chair ! ô délire !
O parfums que l'on voit, couleurs que l'on respire !
Enchantement des sens ! O divine liqueur
Dont s'abreuvent les yeux, dont s'enivre le cœur !
Qui dira ta puissance, ô beauté souveraine ?
Pour confondre à jamais toute sagesse humaine,
Pour troubler la raison des pages ou des rois,
Il suffit d'un corsage entr'ouvert une fois !...

La Comtesse sourit d'abord à ce spectacle,
Car jamais son miroir n'avait rendu d'oracle
Plus flatteur, et jamais il n'avait réflété
Tant d'attrait, de fraîcheur, de grâce, de beauté.
Puis elle soupira, songeant que sa jeunesse
Se consumait ainsi sans amour, sans liesse,
Epanouie au fond d'un vieux manoir obscur,
Comme une fleur éclose en la fente d'un mur.
Triste fleur de beauté, pourquoi briller et croître
Dans cette ombre ? Pourquoi rayonner dans ce cloître ?

A quoi bon être belle en ce lugubre exil ?
A qui plaire ?... Et ce cœur, pour qui palpitait-il ?
A quoi bon la puissance, et l'or, et le bel âge,
S'il lui fallait ainsi passser un long veuvage
Seule avec quelque serve et le moine grondeur ?....

Ainsi la brune Yseult songeait, d'un air boudeur,
Et soupirait, devant sa glace de Venise.
Mais tout-à-coup un cri qu'arrache la surprise
Expire sur sa lèvre, et, comme si soudain
Elle eût senti le froid d'un serpent sous sa main,
Elle recule, pâle, et bondit de sa place...

La Comtesse n'était plus seule dans la glace.

Passant dans un panneau qui dans le mur s'ouvrait
Et dont elle croyait seule avoir le secret,
Refletée avec elle, une tête attentive
D'adolescent, et blonde, et vermeille, et furtive,
La regardait, timide, avec de grands yeux bleus
Fascinés et remplis d'extase, comme ceux
Des Séraphins qu'on voit voltiger en couronne,
Sur les vitraux d'église, autour de la Madone.

Or ce blond chérubin, ce joli curieux
N'était pas descendu précisément des cieux.

C'était tout simplement un cadet de famille,
Un jeune page accort et doux comme une fille ;
Mais les beaux yeux de sa suzeraine avaient fait
Sur son cœur de seize ans un singulier effet.
Le pauvre jouvencel adorait sa maîtresse,
Y songeait nuit et jour et l'épiait sans cesse,
Heureux quand seulement il pouvait entrevoir
Trembler sa robe au vent ou briller son œil noir !

Jugez s'il tombait bien et si ses yeux avides
Dévoraient ce beau sein et ces formes splendides,
Ces fruits mystérieux d'un Eden inconnu
Qui s'ouvre et se révèle à son cœur ingénu !
Mais, hélas ! pauvre enfant ! tout en servant sa ruse,
Le miroir indiscret le trahit et l'accuse !...

Après un court instant de stupéfaction,
Superbe de colère et d'indignation,
La gente Yseult soudain se retourne, comtesse.
La chatte, ayant bondi, se redresse, tigresse !
Et, l'œil en feu, le front farouche et menaçant,
Cachant sous ses cheveux son beau sein frémissant,
D'une voix saccadée où vibre la colère :
« Ah ! vassal impudent, rugit-elle, ah ! vipère !
« Ah ! c'est là le respect qu'on rend à nos bontés !
« Ainsi donc nos châteaux, ô valets effrontés,

« N'ont plus d'asile sûr, plus de portes secrètes !...
« Attends... tu vas savoir où sont les oubliettes
« Et si le soleil luit pour les yeux des hiboux ! »
Et pâle, et consterné, l'enfant à ses genoux,
Comme un frêle roseau que courbe la tempête,
Sous son front courroucé ployait sa blonde tête.

La Comtesse reprend d'un ton glacé : « Mais quoi !
« Les cachots du château ne sont pas faits pour toi !
« Je te chasse. Va-t-en. Trop haute est ma vengeance ;
« Elle ne descend pas jusqu'à si vile engeance !
« Va-t-en ! » — Le page alors, sensible à cet affront,
Se redresse tremblant et la rougeur au front :
« Noble dame, dit-il, apprends toute ma faute,
« Et vois si ta vengeance est pour elle trop haute :
« Moi, valet, moi, vassal, moi, je t'aime ! Le jour,
« Furtif, à pas de loup, comme un larron d'amour,
« Pour te voir un instant je me glisse à ta porte,
« Et mon rêve, la nuit, dans ma couche t'apporte.
« Et maintenant je dois, ayant été surpris,
« Supporter ton courroux, mais non pas ton mépris !
« Je ne veux pas partir ; je veux subir ma peine !
« Ayant haussé mon cœur jusqu'à ma suzeraine,
« Je le porte trop noble et trop haut désormais
« Pour l'insultant pardon qu'on jette à des laquais !
« Puisque tu ne veux pas te venger, je te venge... »

— A ces mots, il pâlit d'une pâleur étrange,
Chancelle, et d'une main tenant encore crispé
Un poignard dont au sein il s'est deux fois frappé,
Au pied de la Comtesse étonnée et tremblante,
Il tombe lourdement sur la dalle sanglante.
Il tombe, et ses cheveux tout autour de son front,
Allanguis et fanés, s'épandent, comme font
Les rameaux tristement épars d'un jeune chêne
Que la foudre du ciel a couché dans la plaine.
Comme un flambeau qui meurt, ses regards égarés
S'éteignent ; ses grands yeux s'ouvrent, démesurés,
Avec la fixité morne de ces statues
Qu'on voit sur les parvis des tombes étendues...

Mais déjà sur l'enfant qui gît ensanglanté,
Oubliant sa colère, oubliant sa fierté,
La Comtesse à genoux, palpitante, affolée,
La pitié dans les yeux, se penche, échevelée.
Elle crie, elle appelle, et se lève, et, courant,
Va quérir du secours, et revient au mourant,
Et, soulevant son front, comme fait une amante,
Cherche à le ranimer, et pleure, et se lamente.

On accourt. Elle ordonne ; et le jeune blessé
Sur le lit le plus doux est mollement placé ;
Et, coupant son pourpoint elle-même, elle étanche

Le sang de son sein nu, qui rougit sa main blanche.
Par ces soins rappelé, bientôt l'adolescent
Ouvre dans son délire un regard languissant,
Et croit qu'après sa mort sa jeune âme envolée
Au ciel des bienheureux s'éveille, consolée ;
Car Elle, à son chevet, avec des yeux de sœur,
S'inclinait, et sa voix disait avec douceur
Tandis qu'elle effleurait des lèvres son front blême :
« Enfant, je ne veux pas que tu meures !... Je t'aime. »

Que vouliez-vous que fît le page après cela ?...
Qu'il mourut ?... Mais comment mourir lorsque l'on a
Près de son lit un ange aimé qui vous embrasse,
Vous ordonne de vivre, et vous parle à voix basse ;
Sur vous, comme une mère au front de son enfant,
Se penche, et jour et nuit vous garde et vous défend ;
Qui de sa main mignonne approche de vos lèvres
Le breuvage sauveur qui doit chasser les fièvres,
Tandis que son regard vous verse au fond du cœur
Baume plus salutaire et plus douce liqueur ?
Mourir ! quand l'Espérance et palpable et réelle
Près de votre chevet est assise avec Elle,
Et sourit à tous deux, et semble préparer
Ce paradis d'amour qu'on n'osait espérer !...

La blessure pourtant était grave, et dans l'ombre

De l'alcôve la Mort jeta son regard sombre
Plusieurs fois. Mais voyant au chevet du mourant
Ce doux ange gardien qui veillait en pleurant,
Elle le crut venu du ciel pour le défendre,
Et, respectant l'enfant, s'en alla sans le prendre.

Le blessé ne mourut donc pas, et, même avant
Que les blés au soleil fussent jaunis, souvent
On le vit, pâle encore, avec sa tête blonde,
Mais joyeux, mais ayant dans les yeux tout un monde
De bonheur, à pas lents sur le gazon mouillé
Marcher, au bras d'Yseult doucement appuyé.
Et tous deux côte à côte, en foulant les pervenches,
S'en allaient souriants se perdre sous les branches
D'où l'on dit qu'étonnés de ces concerts nouveaux,
Au bruit de leurs baisers s'envolaient les oiseaux.

A. BUCHOT.

Tournon, imp. Parnin.

www.ingramcontent.com/pod-product-compliance
Lightning Source LLC
Chambersburg PA
CBHW061412170626
46811CB00005B/1968